Drowning Into the Night

{ side α }

Anna Takamura

TOKYOPOP®

INHALT

Informative Details zu Anna Takamuras Omegaverse findet ihr auf den Seiten 176 und 177.
Die Besonderheiten dieser Welt werden aber auch in der Story erklärt. Viel Spaß beim Lesen!

Kapitel 1
Kawakado Residence Gründungsfeier Festsaal
ier zum 50-
igen Bestehen
Mein Name ist Yukishiro.
Ich wurde kürzlich zum Abteilungsleiter des Dachverbands ernannt.
Ich möchte Ihnen allen für Ihre Unterstützung danken …
… ohne die ich es niemals so weit geschafft hätte.
Für das weitere Wachstum unserer Firma …
Vielen Dank, Abteilungsleiter Yukishiro!
Abteilungsleiter Yukishiro!
Herzlichen Glückwunsch!
Sie sind der jüngste Abteilungsleiter, den der Dachverband jemals hatte! Beeindruckend!
Jetzt müssen wir Sie »Chef« nennen!

αs sind wirklich ganz anders als wir ...
In dieser Welt ...
männlich
α
β
Ω
... haben Männer und Frauen drei weitere Geschlechter: α, β und Ω.
weiblich
α
β
Ω
Demnach existieren sechs verschiedene Menschenspezies.
βs sind die normalen Menschen, die den Großteil der Bevölkerung ausmachen.
αs machen etwa 10 % der Bevölkerung aus und sind von Geburt an mit großem Talent gesegnet ...
... sodass viele von ihnen einen hohen sozialen Status innehaben und auch beruflich sehr erfolgreich sind.
Ωs machen nur wenige Prozent der Bevölkerung aus.
Frauen und Männer dieses Geschlechts können beide schwanger werden.
Diese Spezies dient der Fortpflanzung.

Da viele αs Anführer sind oder zur Elite gehören, wird diese seltene Spezies sehr geschätzt.
Wenn Abteilungsleiter Yukishiro mein Auserwählter wäre ...
... wäre ich meinetwegen auch gern eine Ω.
Äääh?
Was redest du da? β zu sein ist immer noch am besten!
Als Ω würdest du ...
... nicht mal eine Arbeit finden!
Ωs hingegen werden stark diskriminiert.
Nicht wahr, Yuri?
Deshalb ...
J... Ja ...
... versuchen viele Ωs ihre Identität zu verstecken.
Du hast recht ...
Diese schicksalhaften Auserwählten sind doch nur eine urbane Legende!
Ich glaube nicht, dass man so jemanden auf den ersten Blick erkennt!
Waaas? Ich finde das toll!
Das nennt man doch eine »seelenverwandte Partnerbindung«, oder?
Frauen lieben so was wohl ...

Außerdem können ein α und ein Ω eine sogenannte »Paarbindung« eingehen, indem der α dem Ω in den Nacken beißt ...
Was denken Sie darüber, Chef?
...
Das ist nur eine Illusion ...
So etwas wie Schicksal gibt es nicht.
Sag ich doch!
Was?!
Hah!
Dabei ist das so romantisch!
Aber ...
... es wäre schön, wenn es so was wie Schicksal wirklich gäbe.

Das Ω-Geschlecht
Um eine diskriminierungsfreie Gesellschaft zu erschaffen, hat der Staat den Ωs gewisse Rechte zuerkannt ...
Schutzbestimmung für Ωs
... aber sie sehen sich immer noch mit vielen Vorurteilen und Diskriminierung konfrontiert.
Da Ωs alle drei Monate für eine Woche brünstig werden und nicht arbeiten können ...
... ist es für sie schwer ...
... an einen Posten von großer gesellschaftlicher Bedeutung zu kommen.
Nur wenige Ωs schaffen es, eine Anstellung in einem normalen Unternehmen zu finden ...
... die meisten arbeiten im Rotlichtmilieu.
Die Kawakado Residence gehört zu einem der größten erstklassigen Unternehmen des Landes ...
... und wie selbstverständlich werden alle Managementposten von αs bekleidet.
Das hier ist der Unterhausabgeordnete Azami!
Oh, Sie sind aber jung!
Ah, da bist du ja! Yukishiro!
Natürlich ist er das!
Schließlich ist er unser jüngster Abteilungsleiter des Dachverbands!
Selbst unter αs gibt es bessere und schlechtere!

Verzeih die Frage, aber bist du schon verheiratet?
Nein, noch nicht ...
SCHWINDEL
Herr Azami!
Und schon wieder versuchen Sie, Ihre Tochter an den Mann zu bringen!
Sie ist zwar jung, aber dennoch in einem guten Alter dafür!
Es wimmelt nur so von αs ...
Verzeihen Sie bitte ...
... aber ich werde mich empfehlen.
Ach, tut mir leid, dass wir dich plötzlich aufgehalten haben!
War mir eine Freude!
Die Freude ist ganz meinerseits.
LÄCHEL

Auf Wieder-sehen.
Irgend-wie ...
... hat er eine be-sondere An-ziehungs-kraft ...
PATAMM
Hah ...
Das ist hart ...
Sao-tome!
Wo treibst du dich denn bitte rum?!

Also wirklich ...
Du bist ganz anders als dein Vater!
Herr Direktor.
Hat mein Angestellter Ihnen Umstände bereitet?
Ah ...
Yukishiro!
Nein, aber seine Einstellung ...
Ich bitte vielmals um Verzeihung.
Sein Unvermögen liegt gänzlich in meiner Verantwortung.
Nein, nein! Schon gut!
Du musst dich für nichts entschuldigen!

Nimm dir das zu Herzen, klar?
Und bedanke dich ordentlich!
Du hättest dich nicht entschuldigen müssen.
Warst du schon wieder zu spät?!
Wie kannst du nur zu spät zur Feier kommen?!
Empfang
Kawakado Gründungsfeier
Was war es heute?
Eine Oma mit schweren Taschen?
Eine Katze, die auf die Straße gesprungen ist?
Ich habe es rechtzeitig ...
... zu deiner Rede geschafft.
Herzlichen Glückwunsch zur Beförderung!

Ach ja ...
Wir hatten ja Probleme mit dem A-Apartment ...
... aber du sollst den Besitzer überzeugt haben?
Ich bin beeindruckt.
Er wollte doch auf gar keinen Fall verkaufen.
Ach, das ...
Ich hörte mir an, was das Problem war, und anscheinend lag das nur an dem Seitensprung seiner Frau.
Nachdem das geklärt war, lief's wie am Schnürchen ...
Wenn du willst, kannst du so gut sein ...
Nur willst du nicht wirklich ...
Hah ...
Du musst nicht auf Teufel komm raus in meiner Abteilung arbeiten, weißt du?

Wenn dich was anderes mehr interessiert, kannst du auch wechseln ...
Ist schon gut.
Es macht für mich keinen Sinn, in der Firma zu arbeiten ...
... wenn ich nicht bei dir sein kann.
Übrigens siehst du ziemlich blass aus.
...
Huch? Und jetzt wirst du ja ganz rot ...
BLUSH
FWPP
Seinen Vorgesetzten neckt man nicht!
Die Rede des Chefs fängt gleich an!
Gehen wir zurück.

Gründungsfeier
Ich danke Ihnen für Ihr zahlreiches Erscheinen.
Ihre Glückwünsche haben uns zutiefst bewegt.
Wir haben's noch geschafft!
FLÜSTER
Der neben dem Chef, das ist doch ...
FLÜSTER
Ja, genau!
Das ist Vizepräsident Hiiragi!
DUMM
BA
Was ist das ...?
POCH
Ich sehe ihn zum ersten Mal!
RAUN
Ist der jung!
RAUN
Wie alt ist er? In den Dreißigern?
POCH
RAUN

POCH
POCH
GREIF
RAUN
Normalerweise ist er in New York und kümmert sich um die Auslandsangelegenheiten der Firma.
RAUN
Wieso ist er dann in Japan?
RAUN
Er soll demnächst nach Tokyo versetzt werden.
RAUN
Weil er der nächste Chef wird, oder?
RAUN
POCH
Vielen Dank.
Yukishiro ...
Saotome.
Geht es dir gut?

Ja, alles okay.
Ah ...!
Da bist du ja, Saotome ...!
WUSEL
WUSEL
Da kommen die Nervensägen ...
Oh ...
Sie sind auch dabei, Chef?
Wir haben in einer Bar reserviert ...
... falls Sie uns Gesellschaft leisten möchten?
Nein ...
... aber danke. Ich bin leider noch verabredet ...
Der Chef geht doch mit den hohen Tieren trinken!
Waaas?

Tut mir leid! Ich wünsche euch viel Spaß!
Es soll gleich noch regnen ...
... also passt auf dem Heimweg auf!
Jahaaa!
Dann werde ich auch ...
... nach Hause ...
SCHNAPP
Du kommst mit!
SCHLEIF
...
Auf in die Bar!
Jaaa!
Wohoo!

ami
Bar Ookami
Unser Chef Yukishiro hat es echt drauf!
Selbst unter den αs sticht er noch hervor.
Wer so gut ist ...
... der hat sicher keine Sorgen.
Wir einfachen Leute haben's nicht leicht!
Saotome, du warst doch auf derselben Highschool wie der Chef, oder?
War er schon als Schüler so?
Das wüsste ich auch gern!
Er war unser Schülersprecher ...
... und hatte immer die besten Noten.
Was, echt?!
Das ist ein Elitetyp, wie er im Buche steht!

Das Schicksal steht eben bereits bei der Geburt fest.
So ist das eben!
Sag das nicht! Das zieht einen voll runter!
Nun zu den nächsten Nachrichten.
Oh!
Außenminister Saotome
Da ist ja dein Vater, Saotome!
Wir müssen überlegen, was wir in solch einer Zeit ...
... tun können und auch tun sollten ...
Zeit für Geduld
Er ist Politiker und leitet nebenher doch einige Firmen, oder?
In gewisser Weise ...
... gehörst du auch zu den Auserwählten.
Zeit für Ged

Um die Firmen kümmern sich bereits meine älteren Brüder.
In deiner Familie sind doch alle αs, oder?
Ja.
Aber ...
... meine Mutter und ich sind βs.
Ach so?
Ein α kann also auch geboren werden, wenn das Blut eines βs beigemischt ist?
Bei dem Vater und zwei älteren α-Brüdern ...
... stehst du ziemlich unter Leistungsdruck, oder?
Nein ...
Mich hat man längst aufgegeben.
Ich bin anscheinend der Sohn einer nutzlosen β.
Uwah, wie fies ...
Typisch α!
Hahaha ...
Klinik

Untersuchungszimmer
Es gibt keine Auffälligkeiten, also sind Sie vermutlich nur etwas erschöpft.
Ich verschreibe Ihnen etwas.
Vielen Dank.
Es ist zwar noch nicht so weit ...
... aber nehmen Sie das Medikament bitte direkt ab heute ein.
Ja ...
Es ist ja noch früh ...
... dann kann ich auch in die Firma und meine Arbeit fertig machen ...
Und den Schauer abwarten.
Es regnet tatsächlich ...
PLITSCH
PLITSCH

Klinik
RAUSCH
[redacted]
Bar Oo-kami
Bar Oo-ka-mi
Flatrate Trinken
Wow, draußen schüttet es ja to-tal!
Hoffent-lich hat es aufgehört, wenn wir ge-hen wol-len ...
Das fängt doch ge-rade erst an!
NERVÖS

Vielen Dank.
Allein habe ich mich nicht getraut, zu gehen ...
Kein Problem, ich wollte sowieso nach Hause.
Aber geht das auch gut ...?
Wenn wir einfach gehen ...
Big Camera
Das merkt doch keiner, so betrunken, wie sie sind.
Ach ...
Soll ich dich noch bis zum Bahnhof begleiten?
Äh?
N... Nein, nicht doch ...!
Aber ...
Ich wohne in der Nähe der Firma ...
... und komme zu Fuß nach Hause!
TAPP
Danke! Und gute Nacht!
PLATSCH
PLATSCH

Sie hätte nicht so eilig wegrennen müssen ...
Ging wohl auf Nummer sicher ...
QUIII
Um die Zeit ist sicher keiner mehr da ...
Wir hatten ja eine Party.
VROOOM
PAMM

RAUSCH
Nerv nicht!
Halt die Klappe!
Nein ...
Ein Streit?
Dieser Geruch ...

Ich will nicht!
Hilfe!
Helft mir doch ...
Du sollst die Klappe halten!
Haltet ihr den Mund zu ...!
Hey.

Was macht ihr da?
Drei Männer ... Ihre Gesichter kenne ich doch ...
Arbeiten die bei uns?
Was is?!
Halt dich raus!
Das ist ...
Verzieh dich!
Sie arbeitet bei uns auf der Etage ...
... und gibt sich für eine β aus, aber ich weiß, dass sie eine Ω ist ...
Haben ihre Blocker nicht gewirkt ...?
Äh ... Chef ...?
Was jetzt?
Das ist nicht gut ...
...

Nicht gut ...?
Das trifft sich doch supergut ...
RAUSCH
Oder?
Du bist doch auch ein α, also verstehst du das, oder?
Dieser Geruch ...
ZUCK
Nein ...
Das sind also ...
αs ...?
Die versprüht ihre Pheromone ...
Die Bitch ist selbst schuld!
... und reizt uns dermaßen!
Ist doch klar, dass wir sie flachlegen!

Dieser Abschaum ...
Ihr seid von der fünften Verkaufsabteilung, nicht wahr?
Dort sind besonders viele αs.
Wenn das hier rauskommt, bekommt ihr alle ...
... eine verhaltensbedingte Kündigung.
RAUSCH
Hey ... das ist echt übel!
Ist ja gut!
Wir gehen!
Also echt ...
Und was jetzt ...?
Können wir doch nichts für ...
RAUSCH
SCHRECK
ZSCHT
Chef ...
... ich ...
FLAPP

Hallo?
Schicken Sie mir bitte ein Taxi.
Der Fahrer soll ein Ω sein.
Ja, vielen Dank ...
BIEP
An Regentagen wird der Pheromongeruch stärker.
Nachts ist es gefährlich, also fahr mit dem Taxi nach Hause.
GREIF
Kannst du aufstehen?
J...
Ja ...
Haben Sie vielen Dank.
Äh ...
Also ...

Wieso ...
... haben Sie, als α, kein Problem mit mir?
RAUSCH
PLITSCH
Ich dachte, sie wäre hier lang gegangen ...
Sie war also doch eine ...
Pheromon-Blocker für Ωs
Ich hoffe, sie kam heil nach Hause.

...
Und er auch ...
SST
Heißes
Für alle
ion
Ach ja, seit dem Klinikbesuch hab ich das Handy nicht mehr angemacht ...
Hm ...

Verpasste Anr
1
BA-DUMM
!
POLTER
POCH
Schon wieder ...
KRIIEK
POCH
?
Ist da jemand?
... dieses Gefühl ...
Warum ...?
POCH
POCH
Sorry, dass ich einfach so rein bin.
POCH
Ab morgen werde ich hier arbeiten ...
... und wollte mich nur mal umsehen.
POCH

»Das ist Vize-präsident Hiiragi!«
Diese Stim-me ...
POCH
POCH
POCH
Verzei-hung ...
POCH
Das geht natürlich in Ordnung, also lassen Sie sich Zeit ...
POCH
BA-DUMM

Wieso ...?
GRIP
Den vom Schicksal bestimmten Partner ...
Das eben ...
... erkennt man instinktiv ...
Hah ...
Hah ...
Hah ...
Kein Zweifel ...
Hah ...
Du bist ...
Dieser Mensch ...

... ist mein »Partner«.
Der Vize-präsident ... ist ...
Hah ...
Hah ...
... mein ...?
!
PACK

Hah ...
Hah ...
Vize-präsi-dent ...?
Dieser Geruch ...
Hah ...
Verstehe ...
Hah-...
WAPP
Hah ...
Hah ...
Du bist also ... ein Ω?

Ich bin nur vorbeigekommen, weil ich in der Nähe war ...
In der Firma wird er sicher nicht mehr sein ...
Ans Telefon geht er auch nicht ran.
Keine Antwort
Tamaki Yukishiro
Beenden
SCHNUPPER
WUPP
Yukishiro?

Ah ...
Auf-hö...
War...
KEUCH
Ich habe keine Kraft ...
KEUCH
Dieses Ding um deinen Hals ... Ist das dein erstes Mal?
KEUCH
Hah ...
Sex mit einem α, meine ich.
BEISS
Hah ...
Hah ...
Nicht ...!
WAMM
Ich hab Angst ...
Auf... hö...
WAMM
Nh ...
KISS
Ah!
ZUCK
KISS
Dass das Schicksal ...
ZUCK
TROPF
... derart stark sein würde ...

Hah ...!
Hah ...!
Der Blocker wirkt kein Stück ...
Wahn-sinn ...
KEUCH
Das ist also das Schick-sal ...?
KEUCH
SWUPP
Hah ...
Es stimmt also, dass man sich automatisch voneinander angezogen fühlt ...
... so-bald sich die Blicke treffen ...
SCHHT
Hah ...
Hah ...
KRIEK
ZUCK
TROPF
Hah ...!
Das nennt man »Seelen-partner«, oder?
Hah ...
Hah ...
!

ZUCK
Nicht ...!
Ich will nicht ...!
ZUCK
FWUPP
Nein!
Ich ...!
?!
SCHAUDER
Nh ...!
Ah!
STÖHN
ZUCK
Hah ...
ZUCK
ZUCK
ZUCK
ZUCK
ZUCK
Aaah!
Nicht ...
Ah ...!
PAMM
PAMM
SCHAUDER
Hah ...
Was ...
... ist das ...?
TRÄN
Ich will das nicht ...
Hah ...
Mein Körper fühlt sich seltsam an ...
Bitte ...
Hör auf ...!

Hör auf ...!
BWWW
BWWW
BWWW

3 4 5 6
PLING
FWOOO
Nh ...!
Was ist das ...?
Selbst mir als β wird schwindlig davon ...
Das könnte schlimmer sein als **damals** ...
Ich muss ihn schnellstmöglich finden ...!
Anruf ...
Tamaki Yukishiro
Beenden
BAMM

BWWW
BWWW
BWWW

Kapitel 2

Glaubst du, dass es diese »Seelenpartner« wirklich gibt?
Was liest du denn da?
Ich habe die Buchvorlage zu einem Film gefunden, der über das Schicksal von αs und Ωs erzählt.
Es ist ein Liebesroman.
Sie sollen sich auf den ersten Blick ineinander verlieben ...
... und ihr ganzes Leben mit nur diesem einen Menschen verbringen, in ewiger Liebe.
Klingt romantisch ...

Das ist doch völliger Quatsch.
Es gibt doch viel zu wenige αs und Ωs.
Die hierarchische Beziehung zwischen αs und Ωs ...
... klingt vielleicht nach etwas Schönem, wenn man sie als »Schicksal« bezeichnet ...
... aber ein Gegenüber, bei dem man nur noch an Sex denkt ...
... ist doch nur ein Ventil für die eigenen sexuellen Bedürfnisse.
Das ist keine schöne Geschichte ...

Kapitel 2
... sondern ein schicksalhafter Fluch.

Zuschlag
Gehört der dir?
!
Ich geb ihn dir zurück. Wir sind schon fertig.
Fertig ...?

Die Pheromone von eben ...
... werden immer schwächer ...
!
SCHRECK
Wir sind noch keine Paarbindung eingegangen.
Anscheinend war er nicht in der Brunst.
...!
GNH
Du ...
Versteh mich nicht falsch.
Es ist nun mal selbstverständlich ...
... dass wir uns nacheinander sehnen.

Schließlich sind wir vom Schicksal füreinander bestimmt.
Wie ...?
Hast du schon mal von »Seelenpartnern« gehört?
Dann ...
... weißt du ja Bescheid.
...
Ab hier greift die hierarchische Beziehung zwischen α und Ω.
Einfache βs haben in dieser Welt nichts verloren.

Du und er ...
... lebt in völlig verschiedenen Welten.
Du solltest dich am besten sofort von ihm trennen.
Zumindest, wenn er dir wirklich wichtig ist.

»Wieso trennst du dich nicht von ihm?«
LINS
»Ich gebe dir Zeit bis morgen.«
DRÜCK
Ich wusste ...

... dass dieser Tag irgendwann kommen musste.
Sato ...
Maeda ...
Oka-zaki ...
Hey, Oka-zaki!
Hol dei-nen Test endlich ab!
Ah! Seht mal, der Schüler-sprecher!
Kyah!
Kyah!
Stimmt ...!
Wooow!
Und sport-lich ist er auch!

Der Schüler-sprecher ...
Er hat die besten Noten und ist absolut sportlich.
Selbst als α unter αs sticht er heraus.
Sein Name war ... Yukishiro ...
... oder?
Natürlich ist er in allem herausragend ...
Schließlich ist er ja ein α ...
Du hast wieder 100 Punkte, Sumire? Sehr schön!
Kikyo hat auch 100 Punkte!
Verstehe! Das habt ihr beide gut gemacht!
Ihr seid eben meine Kinder!

Das gegnerische Team legt sich voll ins Zeug!
Egal, wie sehr ich mich auch angestrengt habe ...
... gegen meine beiden älteren α-Brüder kam ich nie an.
Aber im Ernst ...
Dabei kann doch keiner gegen einen α gewinnen!
RASCHEL
Schülerrat
Yukishiro?

Alles okay?
Hah ...
Hah ...
Ist das etwa ... die Brunst?
Du ... bist also ein Ω.
ZUCK
Geh weg ...!
Hah ...
Hah ...
Keine Sorge, ich sag es auch keinem.
Und ich bin ein β.
Aber mein Vater ist ein α ...
Vielleicht liegt es an seinem Blut ...
... aber ich reagiere etwas empfindlicher auf Ω-Pheromone als andere βs.
Aber ich komme nicht plötzlich in die Brunst oder so ...
KEUCH
Ich weiß nicht, ob sie noch was bringt, aber ich bring dir die Medizin.
Warte bitte ku...

Ich bin ja nur ...
Ich bin doch auch Papas Kind ...
... ein einfacher β.

Gegen einen α komme ich absolut nicht an.
Hah ...
Ich kann ... nicht mehr ...
Hilf ... mir ...
habe bei
hts eine
ance ...

Wahnsinn ...
Das ist doch der Schülersprecher, oder?
Der hat bei allen Probeexamen die höchste Punktzahl.
Gegen diese elitären as kommen wir eben nicht an.
RATTER
Bibliothek

Ich wusste doch, dass du hier bist ...
... Tamaki.
Fuji.
Büffelst du schon wieder?
Natürlich, die Aufnahmeprüfungen stehen mir ja bevor.
Obwohl du problemlos an deine Wunschschule kannst?
RAPPEL
Alle hängen sich richtig rein.
Wenn ich nachlasse ...
... werden sie mich im Nu überholen.

Du strengst dich auch extrem an.
Vor allem beim Sport gehst du an deine Grenzen.
Huch? Wo ist er hin?
HECHEL
KEUCH
Ah, er ist aus der Puste ...
Uh ...
Klappe!
Du hast mich gesehen?!
BLUSH
Du gehst jeden Morgen rennen, oder?
Dabei kann man den Dauerlauf doch schleifen lassen.
Nein, das spiegelt sich in den Noten wider.
Vor allem im Sport muss ich mich verausgaben.
Ωs haben es wohl schwer, Muskeln aufzubauen ...
Stimmt ...
... und neigen schnell zu einem zierlichen Körperbau.
Obwohl er viel trainiert, ist er zwar nicht zierlich, aber hat doch einen schmalen Hals, Arme ...
... und Hüfte ...

Hah!
Ich habe ...
Woran denke ich da?
... seit seiner ersten Brunst ...
... keine körperliche Beziehung mehr zu ihm gehabt.
Das habe ich in einem alten Buch gelesen.
Angeblich haben αs, βs und Ωs dasselbe Potenzial.
Das ist auch medizinisch bewiesen.
Obwohl wir alle gleichermaßen Menschen sind, werden manche allein dadurch, dass sie Ωs sind ...
... verachtet und als Fortpflanzungswerkzeuge missbraucht.

Das will ich auf gar keinen Fall.
Überall auf der Welt gibt es Werke, die die Beziehung zwischen αs und Ωs zum Thema haben.
Debüt einer jungfräulichen Ω
Paarbindung
α und Ω – zwei
Es gibt Romane, TV-Serien, Filme und Bilderbücher.
Der Riesen-Hit!
In jedem dieser Werke geht es um die aufrichtige Liebe in einer Paarbindung.
Warum ist er dann also dermaßen ...
Er ...
... hat vielleicht instinktiv gespürt ...
Yukishiro?

Was machen Sie da?
!
DONK
... welchen Gefahren ...
... ein Ω ausgesetzt ist ...

Tamaki!
Halte durch!
Nicht ...
Nicht ...
ZITTER
... den Hals ...
ZITTER
ZITTER
Hah ...
Nicht ...!
Keine Sorge, du wurdest nicht am Hals gebissen.
SCHRECK
Tama-ki!
!
Fu...
Fu... ji ...

Keine Sorge, es ist alles in Ordnung.
POFF
Aber seine Hände ...
Uh ...
Uuuh ...
Nh ...
Tamaki ...
Hah ...!
Hah ...!
TSCHUPP

Nh ...
TSCHUPP
TSCHUPP
Hah ...
TSCHUPP
Nnh ...
TSCHUPP
TSCHUPP
Meine ... Hand ...
TSCHUPP
... bewegt sich ... von allein ...
TSCHUPP
Hah ...
Ich will ...
SST
... mehr ...
TSCHUPP
Tiefer ...
ZUCK
Er ist so durcheinander ...
ZUCK

TSCHUPP
TSCHUPP
Mit diesen ...
... verletzten Händen ...
...!
SCHNAPP
Ich ...
... mach das schon ...
DRÜCK
... also halt dich an mir fest.
...?
Hier?
FLUPP
ZUCK
Aaah!

Nicht ...
Fuji ...
ZUCK
Ich hab Angst ...
Es ist alles gut.
ZUCK
Hab keine Angst.
Lass alles raus.
DRÜCK
Hah ...
Und dann gehen wir ...
... sofort ins Krankenhaus.
Uh ...
Uh ... Fuji, tut mir l...
Wegen ... mir ...
... musst du ... so was ...
Das ist okay.
Ich bin noch bei klarem Verstand.
Hah...
Uh ...

Keine Sorge.
Ich bin doch nur ein β.

Kapitel 3
Irgend-wie ...
... hat sich sein Geruch etwas ver-ändert?
Kommt mir zumin-dest so vor ...

Kapitel 3
Meine Mutter ist eine Ω.

Dadurch wird sie nicht nur von den Verwandten meines Vaters ...
... sondern auch von ihrer Familie auf Distanz gehalten.
Seit ich denken kann ...
... hatte ich beschlossen, dass ich sie unterstützen muss.
Das Einzige, was ihr geholfen hat ...
... war, dass ich als ihr Sohn gute Noten hatte ...
... und beim Wettlauf den ersten Platz machte.
Dadurch stieg ihr Wert innerhalb ihrer Familie ...
... weil man dachte, sie habe einen elitären α geboren.
Deswegen hast du also ...
nach α, β, Ω
Datum
Ω
Ω-Antikörper
Bei der Untersuchung kam später raus, dass ich doch kein α bin ...
... sondern genauso ein Ω wie meine Mutter.

Ich habe natürlich weder meinen Verwandten, meinem Vater ...
... noch meiner Mutter davon erzählt.
Jeder hält mich für einen α.
Es ist egal, ob ich ein Ω bin oder was anderes ...
... solange ich weiterhin der »herausragende Mensch« bleibe, der ich bin.
Das zahlt sich auch aus!
Mittlerweile versteht sich die ganze Familie sehr gut.
PRESS
Ich bin kein Tier ...
... sondern ein Mensch mit Gefühlen.
Ich will mich nicht von meinem Instinkt beherrschen lassen.

Das ...
... habe ich mir zumindest gedacht.
Doch als meine Brunst kam und ich den Geruch eines αs wahrnahm ...
... wusste ich auf einmal nicht mehr, wie mir geschah.
Obwohl mein Kopf nicht wollte, hat mein Körper ...
... hat das Ω-Blut in mir nach einem α verlangt ...
... und ich wollte so sehr von jemandem genommen werden ...
Wenn ich nicht hier gewesen wäre ...
Oh, Yukishiro! Du bist aber fleißig!
... wäre der Typ eben sicher auch nicht so ausgetickt.
Ich habe Angst ...
Ich hatte den Eindruck, wegen dieses Körpers ...
... würden ich und alle in meiner Umgebung verrückt werden ...

Mir geht es gut.
Und das wird sich auch in Zukunft nicht ändern.
Um ehrlich zu sein, hab ich es auch als β ...
... manchmal ein wenig schwer ...
... aber ich würde auch nichts gegen deinen Willen machen wollen.
Aber das heißt dann, dass auf der ganzen Welt ...
Ah!
... nur ich weiß, dass du ein Ω bist?
Das finde ich nicht schlecht.
Du ...
... veränderst dich wirklich nicht.
LÄCHEL

Dich verführen meine Pheromone nicht ...
POMM
... und darum kann ich dir vertrauen.
Ich bin so froh ...
... dass du ein β bist!
Mit der Erleichterung kommt auch die Müdigkeit ...
Äh?
Jetzt? Hier?!
Sollen wir nicht ins Krankenhaus?!
Ich gehe morgen hin.

Ich will jetzt keinen anderen Menschen ...
... außer dir sehen.
Nur weil ...
... ich ein β bin ...
... hatte ich aufgegeben ...
... gegen einen Ω gewinnen zu wollen.
Z Z Z
Er ist ein Ω und doch kämpft er allein gegen das Schicksal an.
Und ...
... er braucht mich ...
... einen β.

Vicе Versa
Alphas und Omegas
Schicksalhafte Paarbindung
Die Beziehung zu einem Omega
Alpha und
Vielleicht geht er irgendwann mit einem α eine Paarbindung ein.
Dann wird er von der Brunst befreit ...
... und wird es viel leichter haben als jetzt.
Es reicht mir auch für die kurze Zeit jetzt ...
Keine Sorge ...
... ich bleibe die ganze Zeit an deiner Seite.
Bis ein α auftaucht ...

Nh ...
...
Fuji?
Warum bin ich ...
SCHWINDEL
... in meinem Zimmer?
RUCK
Mach langsam!
Bleib bitte liegen.
Du bist in der Firma ohnmächtig geworden, Tamaki ...
... und ... ich hab dich nach Hause gebracht.
Tut mir leid, dass ich einfach deinen Schlüssel genommen hab ...
Schon gut ...

Geht es dir ...
... schon etwas besser?
Danke.
STARR
?
Irgendwie ...
... erinnert mich das hier ...
... an unsere Zeit an der Highschool.

Wenn das Medikament nicht gut wirkte ...
... und ich im Krankenzimmer schlief ...
... hatte ich immer, wenn ich aufwachte ...
Tamaki ...
... dein besorgtes Gesicht vor Augen ...
Alles okay?
Nh ...
Na ja ...
... du bist sicher verschwitzt, oder?
RUCK
Ich bringe dir Wechselsachen.

Es regnet immer noch.
Du bleibst heute doch über Nacht, oder?
Dieses Halskorsett ...
Du trägst es immer noch die ganze Zeit.
SST
Es ist wie ein Talisman.
Wenn ich es trage, fühle ich mich sicherer.

Halskorsett für Ωs
Firma EVE
COLLAR
Bitte 4-stellige PIN eingeben
Halten Sie das Smartphone an das Korsett
Manch-mal trage ich es so-gar ...
... wenn ich ganz allein in meinem Zimmer bin.
BIBIEP
Sper-rung auf-geho-ben.
Ich ...
Schlimm, oder?
TSCHAK
... bin kein α ...
... also kann ich mit einem Ω auch keine Paarbindung eingehen.
Das war mir ...
... doch von Anfang an klar ...

Irgendwann taucht für jeden Ω ein α auf ...
... und ich redete mir die ganze Zeit ein, dass es reicht, wenn ich bis zu diesem Zeitpunkt für ihn da bin.
Mir reicht es ...
... bis zu diesem Zeitpunkt ...

!
Fuji ...?
Fuji?
Wieso
ist er
...?
ZUCK
SST
LECK

Fuji ...!
ZUCK
Was machst du da ...?!
BEISS
! Ah ...!
LECK
KISS
Nh ...
KISS
SCHAUDER
Fu... ji ...
Das tut weh ...!
SCHRECK

Was ... hab ich ...
Fuji ...?
... da eben?!
GATAMM
Tut mir leid!
Ich geh nach Hause!
BATAMM

Warum?
PLATSCH
PLATSCH
Hah ...
Hah ...
Warum?
PLATSCH

Warum bin ich …
PRESS
… nur kein α?!
Ich habe nicht gehört, was mein Vater danach gesagt hat …
… aber ich weiß es auch so.
»Warum ist er nicht als α geboren worden?«

Tamaki ...
Ich bin so froh, dass du ein β bist!
Es ist überhaupt nicht gut ...
RAUSCH
... dass ich ... ein β bin ...
Wenn ich ein α wäre ...
... hätte ich, genau wie meine Brüder ...
... die Erwartungen meines Vaters erfüllen können.

Und Tamaki ...
... hätte ich auch ...
... mein Leben lang beschützen können.

Saotome!
Guten Morgen!

Ta...
Yuki-shiro ...
Du bist blass.
Hast du nicht gefrüh-stückt?

KLICK KLICK
Chef ...
Ein Anruf für Sie auf Leitung drei.
BIEP

Büro d
PRESIDENT
KLOPF
KLOPF
GATSCHAK
Ver-
zeihung.
Sie ...
sind
es also
doch ...
Nein
...
... aber
der Chef
ist derzeit
im Aus-
land ...
... und
dürfte
daher gar
nicht hier
sein.
Hast
mich wohl
am Geruch
erkannt,
was?
Als Ab-
teilungs-
leiter ...
... be-
komme ich
ihn auch nicht
mal eben zu
Gesicht.

Das gilt allerdings auch für Sie als Vizepräsident.
Vom obersten Stockwerk aus hat man eine schöne Aussicht, was?
Das hier wird wohl mein Büro.
Drüben in New York gab es das Gerücht ...
... dass es in der Hauptgeschäftsstelle in Japan einen besonders fähigen Mann geben solle.

Wer hätte gedacht ...
... dass der jüngste Abteilungsleiter ...
... ein Ω sein würde?
Wollten Sie mir das sagen ...?
In dem Fall ...
... kehre ich an die Arbeit zurück ...
Yukishiro.

Als ich deinen Geruch vernahm, wollte ich dich sehen.
Nh ...!
Reicht dir das nicht als Grund?
Du riechst wirklich gut.
...!
Hören Sie bitte auf!

ZUCK
!
Durch meine Phe-romone ...
Hah ...
... wird er brünstig?
Hah ...
WPP
...!
Vizeprä-sident ...
Ist das ...

... die Macht des Schicksals?
Nh ...
PACK
Ich kann mich nicht wehren ...
GATSCHAK

ZUCK
Sao... tome ...

D... Das ...
Ich freue mich für dich ...
... dass dein Seelenpartner ...
... aufgetaucht ist.
Dann ...
... brauchst du mich ja nicht mehr.
Auf Wiedersehen.
Fuji ...
SACK
War...!

Hoppla.
SACK
Hallo.

Du hast dich also doch anständig von ihm trennen können.
Gut gemacht.
Wie geschmacklos.
Komm ins oberste Geschoss.
Sie haben mich nur raufbestellt ...
... um mir das zu zeigen.
Ich hab dir doch geholfen.
Hätte ich das nicht getan ...
... hättest du dich sicherlich nicht trennen können, oder?
Außerdem hätte es dir klar sein müssen ...
... sobald du den Fahrstuhl verlassen hattest ...

... dass er mit mir zusammen ist.
KEUCH
KEUCH
Für einen β hast du eine ziemlich gute Nase.
Sei unbesorgt.
Von jetzt an kümmere ich mich um ihn.
Ich danke dir, dass du mir ...
... meinen süßen Partner zurückgegeben hast.

Machen Sie ihn ...
... bitte glücklich.
Ich empfehle mich.
PLING

BATAMM
...
Hm ...

Kapitel 4

Wenn ein Ω brünstig wird ...
... verströmt er eine große Menge Pheromone.
Love
Heat
Love
Heat
Mit diesen verführt er alle αs und manchmal sogar auch βs.
Bei αs läuft es anders ab.
Wenn sie die Pheromone eines Ωs abbekommen, werden sie brünstig und verlieren den Verstand.
Rut
schwindlig
Heat
Heat
Bei Ωs bezeichnet man diesen Zustand als Heat ...
... und bei αs als Rut.
Wenn ein α einen Ω während dessen Heat in den Nacken beißt, gehen die beiden eine »Paarbindung« ein.
Beiß
Nein!
Daraufhin wirken die Pheromone des Ωs nur noch auf seinen α-Partner ...
... und der Körper des Ω kann keinen anderen Körper außer den seines Partners mehr empfangen.

Ein Paar aus α und Ω ...
... darf niemals auseinandergehen ...
Kapitel 4
... bis das der Tod sie scheidet.

Herr Hiiragi ...
... Sie lernen für Herrn Yukishiro ja richtig fleißig.
Diese App ist wirklich lustig.
Schau mal, man kann sogar die Gesichter verändern!
Ich war gar nicht mal so erpicht auf eine Paarbindung ...
... aber das ist doch ziemlich romantisch.
Soll ich auch dein Gesicht erstellen, Delphi?
Du bist ein β, oder?
PLIIING
Nein, vielen Dank.
Hast du es schon gehört?
Herr Saotome soll Yuri zum Essen eingeladen haben!
VRRRMMM
Waaas?
Seit wann stehen die sich denn so nahe?

Ah, Vizepräsident ...
Guten Tag!
Wir nehmen den nächsten Aufzug ...
... also fahren Sie gern vor!
Guten Morgen, Vizepräsident!
Morgen.
Hast du einen Außentermin, Yukishiro?
Äh ... ja.

Ich auch. Willst du mitfahren?
Mein Wagen wartet draußen.
Danke, aber ...
RECEPT
Halt dich nicht zurück!
Ich möchte so viel Zeit wie möglich mit dir verbringen.
Sorry ...
... ich leih ihn mir mal aus, ja?
J...
Ja!
Hah ...
Wow, was für ein Anblick ...
Also stimmt das Gerücht?
Dass zwischen den beiden was läuft ...
PLING
Es kommt zwar vor, dass αs heiraten ...
... um herausragende Nachkommen zu zeugen ...
Aber zwei männliche αs hab ich noch nie zusammen gesehen ...
Hat was Verbotenes!

Dabei ist jeder von ihnen so attraktiv ...
... dass es echt schade ist, wenn die beiden ein Paar werden ...
Aber sie passen gut zusammen!
Selbst beim schicksalhaften Partner ...
... entwickelt man wohl nach und nach eine Resistenz.
Ist etwas schade, aber wenn wir jedes Mal brünstig würden ...
... kämen wir ja gar nicht mehr zum Arbeiten.
Heute kann ich dich betrachten ...
... während ich ganz bei Sinnen bin, mein Liebster.

Sie können mit der Schleimerei ruhig aufhören, Vizepräsident Hiiragi.
Wenn wir allein sind, kannst du mich ruhig Ouka nennen.
...
Sie sprechen zwar davon, dass es Schicksal wäre, Hiiragi ...
... aber können Sie eine völlig fremde Person lieben?
Natürlich.
Das ist schließlich unser Schicksal.
Hasst du mich etwa, Yukishiro?
Oder kannst du ...
... deinen β-Liebhaber nicht vergessen?

Er war letztes Mal in meinem Büro.
!
Fuji Saotome ...
... ist doch dein Liebhaber, oder?
Nein.
Du musst es nicht verstecken!
Ich bin ...
Es stimmt aber.
Wir sind kein Paar ...
...
Fuji und ich ...
... sind doch nicht zusammen.

Ich habe mich einfach nur auf ihn verlassen ...
Ach so ...
Na dann.
LÄCHEL
Anscheinend war er mit einer Mitarbeiterin ...
... zum Essen verabredet.
Äh ...?
Herr Hiiragi, wir sind bald da.
Danke.
Yukishiro ...
... du hast nur einen Termin, oder?
Ja.
Dann komme ich dich nachher abholen.
Würdest du mir dann etwas Gesellschaft leisten?

Ich würde dich gern jemandem vorstellen.
In Ordnung ...
Viel-leicht ...
... erfahre ich dann mehr über das, was er über Fuji sagte ...
Danke ...
...
Hah ...
Nein, das beschäftigt mich nicht ...
Ich bin aber sein Vorgesetzter.
Es scheint mir aber auch nicht so ...
... als wäre da so rein gar nichts zwischen euch.
ZUCK
!
Hah ...
Du verströmst einen besonders angenehmen, süßen Duft ...

Hah ...
Mo...
Diesen Duft verströmt dein Körper nur für mich.
Hah ...
LECK
Ich würde dich am liebsten ...
... hier und jetzt vernaschen ...
Hiiragi ...!
GATAMM
Das war nur ein Scherz.
HI HI
GATSCHAK
Herr Yukishiro, wir sind angekommen.

Sind wir hier richtig?
Ja, vielen Dank.
Wenn du fertig bist ...
Sagen Sie ...
Haben Sie denn niemanden ...
... der Ihnen am Herzen liegt?
RAUSCH
Sie sind so jung und bereits Vizepräsident einer großen Firma ...
... die kein Familienbetrieb ist und daher auf Kompetenz setzt.
Jemanden wie Sie lassen die Frauen dieser Welt sicherlich nicht in Ruhe.
Es wäre keine Überraschung, wenn Sie eine Freundin oder gar Verlobte hätten ...

Selbst wenn es jemanden gäbe, in den ich verliebt bin ...
... würde ich diese Person sofort vergessen und nur dich lieben.
Für mich gibt es nur dich ...
... und das schon seit meiner Geburt.
So meinte ich das doch nicht ...
Außerdem ...
Dasselbe sollte für dich gelten.
Man nennt es »Schicksal«, weil man ihm nicht entrinnen kann.
Ganz so, als ob es diesen Partner ...
... niemals gegeben hätte.

Ich warte dann auf deine Nachricht!
Kontaktdaten getauscht.
Wann hat er ...?!
SEUFZ
Sind Sie sich sicher?
Sie haben für heute doch schon eine Verabredung ...
Die verschiebe ich einfach etwas in der Zeit.
Mein Schicksalspartner hat doch Vorrang.
Yoko Shiba
Können wir das heute Abend auf 22 Uhr verschieben?
Natürlich. Ich werde warten.
TIPP

Ah ...
Saotome!
Tut mir leid, dass ich zu spät bin.
Keine Sorge, ich habe nicht gewartet.
Hab nur festgestellt, dass ich zu früh dran war.
Kennst du ein gutes Restaurant?
Ich würde etwas bevorzugen, wo keine Kollegen sind ...
Ich kenn mich da nicht so aus.
Ah ...
Also dann ...

Ich hätte nicht gedacht, mal mit Ihnen in Japan essen gehen zu können, Hiiragi.
Da ich hörte, Sie wären japanophil ...
... habe ich ein Restaurant mit gutem japanischen Essen und Schnaps ausgesucht.

Auch wenn ich heute leider nicht mittrinken kann.
Was? Ein Essen mit dem Vorstand der Firma Aster?
Ja, wir haben schon länger miteinander zu tun ...
Aster wird in Japan ein neues Resort errichten ...
... und wir werden bei der Entwicklung ihre Partner sein.
!
Und bei so einem wichtigen Treffen ...!
Es ist ein normales Dinner, also entspann dich.
Du musst einfach nur ...
... an meiner Seite sein.

Nur an seiner Seite ...?
Unser Boss liebt den japanischen Schnaps auch sehr!
LINS
Die Aster-Resorts ...
... sind die luxuriösesten Hotels in den Staaten.
Wenn wir mit ihnen kooperieren ...
... wird das unsere Firma extrem voranbringen.
Und ...
... was den Zuständigen für die Entwicklung des Resorts anbelangt ...
Wieso sollte ich ihn begleiten?

... so möchte ich ihn damit beauftragen.
!
Ach, Sie sind also besagter Yukishiro?
Hiiragi hat viel von Ihnen erzählt!
Sie haben in Ihrer Firma die steilste Karriere hingelegt.
Das stimmt zuversichtlich!
Yukishiro ist wirklich sehr fähig.
Er wird ...
... Ihre Erwartungen sicher noch übertreffen.

Dessen bin ich mir sicher.
Bitte sehr.
Saotome? Ist irgendwas?
Also irgendwie ...

Nein ...
Worüber wollten Sie dann sprechen ...?
Ach, ja, genau.
SST
Ich wollte dir ...
... die hier zurückgeben.
!
RUCK
Das sind ja meine ...!
Wieso ...?
Hab sie aufgehoben.
In der Firma konnte ich sie dir ja schlecht übergeben.
ERBLEICH
Also, das ...

Ich hab es niemandem gesagt und habe das auch nicht vor.
Ich wollte sie dir nur zurückgeben.
Bin ich froh ...
ERLEICHTERT
?
Ich hätte in dieser Firma nur ungern gekündigt ...
Haben Sie vielen Dank ...
Macht die Brunst dir keine Probleme?
Hä?
Ach, ich ...
... kenne einen Ω, der damit zu kämpfen hat.
Ach ... verstehe.
Bei mir ...
... wirken die Blocker zum Glück ganz gut.
Solange ich sie schlucke ...
... verströme ich nur sehr selten meine Pheromone.
Aber sie haben auch Nebenwirkungen ...

Nebenwirkungen?
Solange ich sie nehme ...
... habe ich immer Kopfschmerzen ...
... und fühle mich schlapp ...
...
Ach, aber ...
... wir Ωs haben eine eigene Gemeinde ...
... und helfen uns gegenseitig aus!
Zum Beispiel muss man der Firma ...
... ja ein Testergebnis vorlegen ...
facobook
Ärztliches Attest
Aber es gibt jemanden, der die Tests ...
... für diejenigen fälscht, die verbergen wollen, dass sie Ωs sind.
Um ehrlich zu sein, ist dieses Restaurant ...
... ein geheimer Zufluchtsort für Ωs.
Ohne die Begleitung durch einen Ω kommen αs und βs hier nicht rein.

... und da Menschen unter Alkoholeinfluss noch weniger Hemmungen haben ...
... gehe ich während meiner Brunst nach Möglichkeit abends nicht weg.
Ein α verliert durch die Pheromone eines Ωs den Verstand ...
Es ist sehr hart, mit dem Körper eines Ωs in dieser Gesellschaft zu leben ...
Darum bin ich sehr froh, dass wir ...
... in dieses Restaurant gekommen sind.
Wie hat Tamaki das alles bisher nur ertragen ...?
Als β kann ich ...
... das sicher kaum nachvollziehen.
Dann ...
... wird es in einer Paarbindung sicher leichter?
Fragen Sie wegen Ihrem Bekannten, der Ω ist?
Tut mir leid ...
Die Frage war unangemessen ...
Nicht doch ...

Wenn dieser Bekannte ...
... ein Mann sein sollte ...
... dann hat er es sicher noch schwerer als ich.
Ω-Männer werden schließlich noch stärker diskriminiert ...
... als Ω-Frauen.
Manche mögen auch keine gleichgeschlechtlichen Beziehungen.
Unter den Ωs ...
... hat auch jeder so seine Ansichten ...
Aber einen α zu treffen ...
... von der Brunst erlöst zu werden ...
... und mit ihm eine ewige Paarbindung einzugehen ...
PRESS
... wäre meiner Meinung nach das größte Glück für einen Ω.

Wie fandst du das Treffen?
Sie waren sehr offen und nett, oder?
Warum haben Sie das gemacht ...?
Das hab ich doch gesagt.
Ich habe an unserer Kooperation mit Aster gearbeitet.
Das wird ein großes Projekt, das unsere Firma noch die nächsten zehn Jahre beeinflussen wird.
Und diesen Auftrag möchte ich dir überlassen.
Gefällt dir das nicht?
Nein, das ist es nicht ...
Das ist eigentlich zu viel der Ehre.
Seit ich in der Firma angefangen habe, wollte ich schon immer ...
... als Entwickler an einem großen, einflussreichen Projekt arbeiten ...
... das unsere Zukunft bestimmen würde.

Aber ...
... macht es Ihnen denn nichts aus, Hiiragi?
Ich meine ...
Er weiß, dass ich ein Ω bin ...
... weil ich ...
... und überlässt mir trotzdem ein Projekt ...
Verstehe ...
In Japan ist die Diskriminierung von Ωs ...
... anscheinend immer noch ein Problem.
Was für ein Unsinn ...

Bei der Arbeit ist es egal, ob man ein α oder ein Ω ist.
Wer gute Arbeit leistet, der macht Karriere!
West
In Amerika werden Ωs als wertvolle Spezies angesehen.
In Schweden, wo man großen Wert auf die Gleichberechtigung von Mann und Frau legt ...
... verstößt die Diskriminierung von Ωs gegen die Menschenrechte und man kann deswegen sogar klagen.
Ist das nicht der Grund dafür ...
... warum du als Ω Abteilungsleiter bist?
Auf der Welt gibt es sogar Länder ...
... in denen Ωs als »göttliche Boten, die Leben schenken« gelten ...
... und demnach als heilig verehrt werden.
Aber nur, weil mich alle für einen α halten.
Was daran liegt, dass du so ernsthaft gearbeitet hast.

In der Hinsicht hängt Japan wirklich hinterher.
Versteh mich bitte nicht falsch.
Das alles hat nichts damit zu tun ...
... dass du mein Schicksalspartner bist.
Ich habe dich ausgewählt, weil du dafür geeignet bist.
Dieses Projekt braucht dich!
Ich zähle auf dich.
Nimm auch an der nächsten Vorstandssitzung teil.

Ich leite ein Projekt ...
POCH
... gemeinsam mit einer großen amerikanischen Hotelkette ...
POCH
Haben Sie ... vielen Dank ...
... der weltberühmten Firma Aster ...
POCH
DRÜCK
POCH
Danke, dass Sie mich ...
... bis nach Hause gefahren haben.
Ach ja ...
Wo ist Ihr Begleiter von heute Mittag?
Ich habe ihn vor dem Essen nach Hause geschickt.

Am Abend wollte ich schließlich ...
... mit dir allein sein.
Wieder das Gleiche ...
Yukishiro.
DRÜCK
Mir ist es ernst mit dir.

?
Hiiragi ...?
Ich will, dass du mich hei-ratest.

Kapitel 5

Was ...?
Heiraten?
Wenn das Projekt anfängt ...
... wirst du noch mehr zu tun haben als bisher.
Ich möchte, dass du dich dann ...
... direkt an meiner Seite auf die Arbeit konzentrieren kannst.
Und wenn du mit mir eine Paarbindung eingehst ...
... wird dir die Brunst keinen Ärger mehr machen ...
... und ich werde dir jederzeit zur Seite stehen können.

Das klingt doch nicht schlecht, oder?
Ich ...
... bereitete Fuji immer Sorgen.
Er hat mir so oft geholfen.
Über-anstreng dich bitte nicht.
Er ist ein β, der nichts mit all dem zu tun hat ...
... und doch habe ich ihn in mein Schicksal verwickelt.
Den Zeit-punkt der Hochzeit kannst du festlegen.
Ich möch-te deine Gefühle respek-tieren.
Lern mich ganz in Ruhe kennen ...
... und schließ-lich auch lieben.
Und er ist auch kein schlechter Mensch.

Er respektiert mich, einen Ω ...
PRESS
... wie einen richtigen Menschen.
Du brauchst mich also nicht mehr.
Auch wenn Fuji so etwas sagte ...
... bin ich mir sicher, dass er versuchen wird, mir zu helfen, wenn irgendwas passieren sollte.
Denn ...
Du bist in der Firma ohnmächtig geworden, Tamaki ...
Ich freue mich für dich ...
... dass dein Seelenpartner aufgetaucht ist.
... wenn er lügt ...
... sieht er mir nie in die Augen.

Wenn ich mich für Hiiragi ... einen α ... entscheide und mit ihm eine Paarbindung eingehe ...
Denk in Ruhe darüber nach ...
... könnte ich Fuji ...
Nein.
... damit ...
... von diesem lächerlichen Schicksal befreien.
Wenn Sie mich wirklich wollen ...
... dann nehme ich den Antrag gerne an.

Haben Sie vielen Dank!
Ich bin wirklich froh, dass Sie es waren ...
... der meine Medikamente gefunden hat, Saotome!
Ich bin so froh, dass du ein β bist!
Wenn du in der Firma irgendwelche Probleme haben solltest, sag jederzeit Bescheid.
Auch wenn ich nicht weiß, ob ich wirklich helfen kann.
Ja ...
Vielen Dank!

Also dann ...
Ja ...
Keine Sorge.
Hier in dieser Gegend sind viele Ωs.
Was ist nur los mit mir?
Schon so spät ...
Ich muss ihn doch vergessen ...
Aber sie erinnert mich ...
... immer an Tamaki.

Ich geh nach Hause ...
Das ist doch ...
Arbei-tet er? So spät noch ...?

GATAMM
Was zum Teu-fel ...
... machen Sie da?!

Was ist mit Yukishiro?
KLAPPER
Oh ...
Wird der Herr uns heute Nacht etwa auch Gesellschaft leisten?
Ist das so?
Ab und an ist ein Vierer auch nicht schlecht!
Zwei Ωs ...?
Waaas?
Nein, er macht nicht mit.

Was ...? Wer seid ihr?
...
Wech- seln wir den Ort.
Ver- ehrter Hiiragi ...
... herz- lich will- kommen!
Lange nicht mehr gesehen, Master!
RUCK

Und Sie kommen in Begleitung.
Ach, nein, so ist das nicht mit ihm.
Ich möchte das übliche auf Eis.
Und er ...
Ich möchte nichts.
Er bekommt das Gleiche wie ich.
Ich weiß, was du sagen willst.
Und schau mich nicht immer gleich so grimmig an.
Was ... hatte das zu bedeuten?
Sie haben doch Yukishiro ...
...
Das nervt.
SEUFZ

Das ist nur ein Spiel ...
Ein Zeitvertreib.
Es gibt auf der Welt viele Menschen, die einem Irrglauben erliegen.
Die Vernunft kommt nicht gegen Instinkte an.
Und das bringe ich anderen höchstpersönlich bei.
Was redest du denn da ...?!
Stell dir ein Pärchen aus einem β und einem Ω vor.
TIPP
Sie werden sich gegenseitig beteuern ...
... dass sie sich lieben ...
Ω
β
... dass es so was wie Schicksal nicht gäbe ...
... und sie die wahre Liebe verbände.

Sie sind überzeugt ...
... ihre Gefühle würden sich niemals ändern, selbst wenn ...
... ein α auftauchen sollte.
Aber wie sieht die Wirklichkeit aus?
TONK
Wenn ich als α die Ω-Freundin auch nur leicht verführe ...
... macht sie sofort mit ihrem Freund Schluss ...
... und wählt mich.
In dieser Beziehung hat der Verstand nichts zu melden.
αs und Ωs fühlen sich instinktiv voneinander angezogen.

Wenn ich ein Pärchen aus einem β und einem Ω finde, verführe ich den Ω einfach.
Und wenn er sich dann für mich als α entscheidet und den β verlässt ...
... habe ich gewonnen.
Es ist ein Zeitvertreib.
Ich dachte, ein Schicksalspartner ...
Wir sind noch nicht verheiratet ...
... also kann ich mich herumtreiben, soviel ich will.
... würde Tamaki glücklich machen ...
Es gibt auch αs, die mehrere Paarbindungen eingehen ...
... und mit anderen wetteifern, wer mehr vorzuweisen hat.
KLIRR
Aber der da ...
Ich finde, ich bin da noch recht aufrichtig, oder nicht?
Nur heute war ich nicht besonders nett zu den beiden ...
Hab sogar das-Treffen verschoben ...
Halt dich von Tamaki fern!

Du bist das Allerletzte!
Das geht diesmal nicht.
Ich und Yukishiro ...
... sind anders als die anderen αs und Ωs da draußen.
Wir sind vom Schicksal bestimmte Seelenpartner.
Ich habe weder einen festen Partner noch eine Verlobte.
Bei meiner Position und meinem Ansehen ...
... dachte ich aber schon länger über eine Hochzeit nach.

Wenn das Gegenüber mein Seelenpartner ist, umso besser.
Kawakado Residence Gründungsfeier
Allem voran ist er schön und klug.
Wirklich der ideale Partner.
SSST
Außerdem ...
SST
... passen wir auch im Bett perfekt zusammen.
Er ist wunderschön, wenn er sich gehen lässt.

So sehr, dass ich Gänsehaut bekomme ...
Du ...!
!
GATAMM

Ach ja ...
An seinem Nacken war ein leichter Bissabdruck.
Pf ...
Wolltest du damit die Zeremonie der Paarbindung nachahmen?
Spar dir dieses Theater ...
... du β!
Wenn du ihn so sehr liebst ...
... versuch doch, ihn mir auszuspannen.
RAUN
Wobei du sicher nicht gegen das Schicksal ankommst.
RAUN

Ein β könnte mich niemals besiegen.
Du ...
Du bist der Einzige ...
... dem ich Tamaki niemals überlassen werde!

GATSCHAK
Schon bald werde ich wieder brünstig ...
STREICH
Wenn ich ihn dann meinen Nacken beißen lasse ...
...
Es ist schon gut so.

Das ist mein Schicksal.
Entschuldige, Master.
RUCK
Geben Sie jedem hier einen Drink aus. Rechnung geht auf mich.
Sind Sie sicher ...
... dass Sie ihn gehen lassen wollen?
Ja, das macht mir nichts.
Seine Gefühle bleiben sowieso unerwidert.

Mein Partner ...
KLIRR
... Tamaki Yukishiro ist ein kluger Mann.
Er weiß ganz genau ...
... wie ein β in dieser Welt, in der βs nur βs heiraten ...
Tamaki.Y Feb.2
... von anderen angesehen ...
... und behandelt werden wird ...
... wenn er sich mit einem Ω einlässt.
DING
DONG
Wer ist das ...
... um diese Zeit?
TSCHAK
BIEP

Tamaki …
Mach bitte auf.
TSCHAK
Fuji?
Warum …?
!
DRÜCK
Er will nicht …

... dass wegen seines verrückten Schicksals ...
Tamaki ...
... ich liebe dich!
... das Leben dieses Mannes eingeschränkt wird.
Fortsetzung folgt

Bonus

Kapitel 1.5

STOSS
Hah ...!
STOSS
Ah ...!
TROPF
ZUCK
Was ist das ...?
ZUCK
TROPF
Es hört nicht ...
... auf ...
Aah!
BADUMM
BADUMM
SPRZZ
Hah ...
Ha ha ...
TSCHUPP
TSCHUPP
KNARR
Wahnsinn, du kommst die ganze Zeit ...
KNARR
Ni...
Ah ...
Ich will ... nicht mehr ...
KRIEK
KRIEK
Ich werde ... verrückt ...
Ah ...!
ZUCK
...!
Ich bleibe hart, egal, wie oft ich komme ...
FLUTSCH
Ah ...!

DREH
Dir geht es ganz genauso, oder?
Nh!
Nicht!
Nicht ... in mir ...
Komm nicht in mir ...
Ah!
DRÜCK
Nein ...
Du sagst deinem Schicksalspartner nur ...
... was du alles nicht willst ...
WUMM
Ah ...
Ah ...!
ZUCK
SCHAUDER
Aaah!
Ich glaube nicht ans Schicksal ...
Hast du die Medizin genommen?

Morgens und mittags, aber sie wirkt kaum ...
Wieso bist du dann nicht früher nach Hause?
Ich musste ... heute etwas ...
... in der Bibliothek recherchieren ...
Also echt ...
SEUFZ
Bereite mir doch nicht solche Sorgen!
Nh ...
Hah ...
Hah ...
Mein Körper ist ganz heiß.
Die Medizin scheint deine Pheromone aber zu unterdrücken ...
Tamaki?
Hah ...
Hah ...
Es ist so schlimm ...
... dass ich mir sogar wünsche, angefasst zu werden ...
... und zwar ganz egal, von wem ...

Egal, von wem ...
SST
Sag, Tamaki ...
... soll ich dich umarmen?
Was?
Ich dachte, es würde dich beruhigen, jemanden zu berühren.
Ah!
Natürlich nur, wenn es dir nicht unangenehm ...
... ist ...

POCH
POCH
Fuji ...
POCH
Irgendwie ist das merkwürdig ...
Als ob es mir egal sein könnte ...
POCH
NICK
NICK
Beruhigt es dich ein wenig?
Ich will Fuji ...
DRÜCK

Fuji ...
BWWW
Fuji Saotome
BWWW
BWWW
Dein Freund?
BWWW
Hah ...
Ach ...
Du kannst nicht antworten, weil du voll neben dir stehst, was?
Hah ...

Keine Sorge ...
... auch wenn du deinen Liebhaber verlierst, brauchst du nicht traurig zu sein.
Hah ...
Die Macht des Schicksals lässt dich ihn sofort vergessen.
Und dann wirst du dich direkt in mich verlieben.
Hah ...
KISS
Ich will das doch nicht ...!
Ich will ...
Ich will nicht ...
... mehr ...
Nein!

Gib mir noch mehr …
… tief in mir …
Nein …
Tiefer …
Nein …
Mein Mund …
… und mein Körper machen, was sie wollen …
Ich kenne diesen Mann nicht.
Ich habe noch nie mit ihm gesprochen.
Was ist das nur für ein Gefühl …?
Ende

Die Welt des Omegaverse I

Wird auch in der Story erklärt, sodass ihr den Manga auch ohne diese Erklärung lesen könnt.

Was ist das Omegaverse?

Ein inoffizielles, spezielles Setting, das amerikanischer Fanfiction entsprang. Da es kein offizielles Setting gibt, unterscheidet es sich von Werk zu Werk ein kleines bisschen und jeder Autor fügt seine persönliche Note hinzu.

Sechs verschiedene Geschlechtertypen

Es gibt Männer und Frauen, die jeweils in drei weitere Geschlechter unterteilt werden: Alpha (α), Beta (β) und Omega (Ω), sodass es insgesamt sechs Geschlechtertypen gibt.

– Männer – – Frauen –

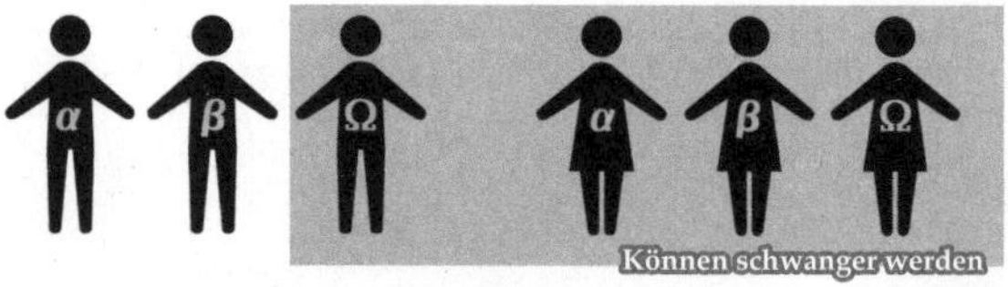

Die Charakteristika

Elitespezies, die über besondere Talente und Fähigkeiten verfügt

Ganz gewöhnliche Menschen
Normale Menschenspezies
(normalerweise heiraten βs untereinander)

Männer und Frauen
können schwanger werden
Menschenspezies zur Fortpflanzung
(werden diskriminiert)

← hoch — soziale Stellung — niedrig →

Anteil in der Bevölkerung

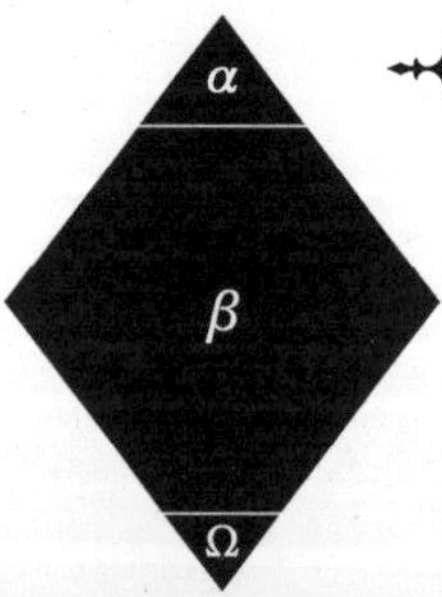

β > > > α > Ω
das gewöhnliche Setting

β: machen den Großteil der Bevölkerung aus

α: geringer Teil der Bevölkerung
(mehr als Ω / sehr viel weniger als β)

Ω: geringster Teil der Bevölkerung
(werden als vom Aussterben bedrohte Spezies angesehen)

In *Drowning Into the Night* liegt die Anzahl der αs in der Bevölkerung bei 10%. Es gibt ungefähr so viele αs, wie es in Japan Menschen mit der Blutgruppe AB gibt. Ωs kommen noch seltener vor.

◆Vergleich | Häufigkeit der Blutgruppen unter Japanern
A: 40% 0: 30%
B: 20% AB: 10%
(allgemeine Daten)

Die Welt des Omegaverse II

Die Brunst des Ω

Alle drei Monate wird ein Ω eine Woche lang brünstig. Da Ωs in dem Zustand der Brunst zu nichts anderem mehr fähig sind, müssen sie sich freinehmen. Verantwortungsvolle Aufgaben im Job werden daher selten an sie vergeben.

Die Pheromone eines brünstigen Ωs sind sehr stark und ziehen jeden α an, egal ob Mann oder Frau, und wirken manchmal sogar auf sensible βs. Es gibt Medikamente, die die Pheromonwirkung unterdrücken. Je nach Kondition und Gesundheitszustand der Person ist die Wirkung individuell unterschiedlich.

Die verschiedenen Medikamente

Brunst-Blocker

Sie unterdrücken die Brunst. Jeder Ω braucht sie. Da sie teuer sind, haben Ωs hohe Medizinkosten.

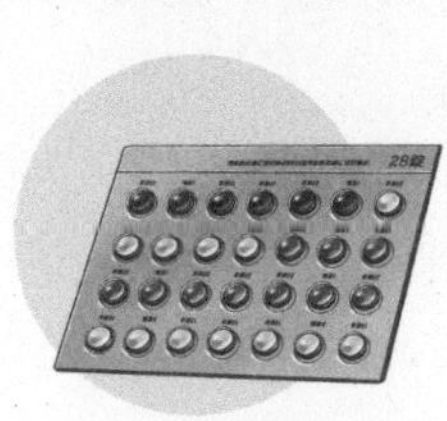

Pille

Wird von Ωs und Frauen benutzt, um eine Schwangerschaft zu verhindern.

Halskorsett für Ωs

Dieses Halsband schützt den Nacken davor, ungewollt eine Paarbindung aufgezwungen zu bekommen. Wird auch als »Collar« bezeichnet.

Auf den Internetseiten der ausländischen Fanfiction wird als besonderes Medikament im Omegaverse nur der »Brunst-Blocker« angegeben. Je nach Werk gibt es auch besondere Wirkungen, Aphrodisiaka und andere Items speziell für das Omegaverse.

In *Drowning Into the Night* kommen nur die drei oben aufgeführten Items vor.

Yukishiros Liebling

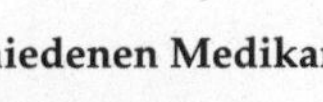

Ein »Collar« der Firma EVE
ausschließliche Maßanfertigung
hochwertiges Halskorsett
ausschließlich für Ωs
Preis variierend

Der Korsettkörper enthält Diamantpartikel und andere spezielle Materialien, die das Collar vor Schäden schützen und äußerst beständig machen. Damit es um den Hals passt, wird jedes Korsett maßgefertigt. Es wird mit dem Smartphone verbunden und kann nur mit einer speziellen App und einer vierstelligen PIN angelegt oder abgenommen werden. Größenanpassung und Wartung sind kostenlos.
(alle 3 Monate empfohlen)

Autorenkommentar

Ich habe ungefähr anderthalb Jahre am Entwurf dieser Geschichte gearbeitet.

Ich hoffe, sie gefällt euch!

Anna Takamura

Drowning Into the Night

TOKYOPOP GmbH
Hamburg

TOKYOPOP
1. Auflage, 2020
Deutsche Ausgabe/German Edition

Aus dem Japanischen von Kaja Chilarska

ELITE Ω WA YORU NI OBORETE side α

First published in Japan in 2017
by KADOKAWA CORPORATION, Tokyo.
German translation rights arranged
with KADOKAWA CORPORATION, Tokyo
through TUTTLE-MORI AGENCY, INC., Tokyo.

Redaktion: Lisa Duty
Lettering: Vibrant Publishing Studio
Herstellung: Mathias Neumeyer
Druck und buchbinderische Verarbeitung:
CPI – Clausen & Bosse GmbH, Leck
Printed in Germany

MIX Papier FSC® C083411

Wir achten auf die Umwelt.
Dieses Produkt besteht aus FSC®-zertifizierten
und anderen kontrollierten Materialien.

ISBN 978-3-8420-5593-3

www.tokyopop.de

Drowning Into the Night

CASTE HEAVEN

Chise Ogawa

Pass auf, wem du vertraust!

Ein Spiel hält die Schüler in Atem: Wer auf dem Schulgelände die Spielkarte des Kings findet, wird über die Klasse herrschen. Azusa ist bereits seit einiger Zeit der King und hat es geschafft, sich Gefolgsleute heranzuzüchten. Doch sein treuester Zögling spielt plötzlich ein falsches Spiel. Karino hat genug von Azusas Schreckensherrschaft und reißt sich die Karte des Kings unter den Nagel ...

STOPP!

**Dies ist die letzte Seite des Buches!
Du willst dir doch nicht den Spaß verderben
und das Ende zuerst lesen, oder?**

Um die Geschichte unverfälscht und originalgetreu mitverfolgen zu können, musst du es wie die Japaner machen und von rechts nach links lesen. Deshalb schnell das Buch umdrehen und loslegen!

So geht's:

Wenn dies das erste Mal sein sollte, dass du einen Manga in den Händen hältst, kann dir die Grafik helfen, dich zurechtzufinden: Fang einfach oben rechts an zu lesen und arbeite dich nach unten links vor.
Viel Spaß dabei wünscht dir TOKYOPOP®!